à mes parents

© 1990 Editions Nord-Sud, pour l'édition en langue française
© 1990 Nord-Süd Verlag AG, Gossau Zürich, Suisse
Tous droits réservés. Imprimé en Belgique
Loi n° 49-956 du 16 juillet 1949 sur les publications destinées à la jeunesse
Dépôt légal 3ᵉ trimestre 1990
ISBN 3 314 20719 0

5ᵉ tirage 1997

Hans de Beer

Plume s'échappe

Texte français de
Anne-Marie Chapouton

Editions Nord-Sud

Comme il est triste, Plume, le petit ours polaire, comme il
s'ennuie! Il n'y a jamais personne pour s'amuser avec lui.
Ce n'est pas drôle.
Quand il va se promener avec ses parents, il n'arrive pas à
cacher sa tristesse. Mais papa ours lui dit: «Il faut avoir de la
patience, Plume. Un jour, tu rencontreras bien un ami, j'en
suis sûr. Ne t'inquiète pas.»

Un matin, alors qu'il se promène tout seul, Plume aperçoit une étrange caisse faite de planches. Et à côté de la caisse, merveille! Il y a un petit ours. Un ami peut-être? Plume s'approche de l'ours pour lui parler. Mais quand il le touche, l'ours dégringole. Ce n'est pas un vrai ours, il est en carton! Autour de la caisse, il y a une odeur bizarre. Plume avance et entre dans la caisse en reniflant.

Voilà que CLAC! les planches se referment sur lui. Plume est pris dans un piège.

Rien à faire pour sortir de là. Plume attend longtemps,
longtemps. Il finit par s'endormir, puis il se réveille parce
que la caisse se met à remuer beaucoup.
Tout à coup, il y a un grand choc. La caisse tombe et s'ouvre.
Plume sort lentement de la caisse. Où est-il donc?

Autour de lui, il y a des tas d'autres caisses de toutes les tailles, avec des odeurs bizarres. Plume ne sait vraiment plus que faire.

Voilà qu'il entend une grosse voix, juste au-dessus de lui: «Petit ours polaire, psst! psst! approche un peu!» Plume a très peur, mais la voix n'est pas méchante.

Plume s'approche et aperçoit une énorme tête, avec des dents très longues. Heureusement, il reconnaît un morse. Et un morse tout à fait gentil. Il explique à Plume qu'ils se trouvent dans un avion. Qu'ils ont tous été pris au piège de la même façon que lui par des gens qui veulent les emmener dans un zoo.

Plume ouvre le loquet de la caisse du morse.
Ensuite, à eux deux, ils libèrent tous les autres prisonniers.
Jamais encore Plume n'a vu autant d'animaux aussi étranges.
Et dans la dernière caisse, il y a une merveilleuse surprise:
c'est une adorable petite oursonne. Elle ressemble tout
à fait à Plume. Sauf, bien sûr, que sa fourrure est brune au
lieu d'être blanche. «Je m'appelle Béa...», leur dit-elle.

Le morse réussit à ouvrir la porte de sortie de l'avion avec ses grandes dents et les animaux s'enfuient en courant sur la piste de l'aéroport.

«Attendez-moi!» gémit le pauvre morse qui ne peut avancer que très lentement. Mais les animaux détalent sans l'écouter. Seuls Plume et Béa s'arrêtent pour l'attendre. Ils ne peuvent pas l'abandonner.

Alors ils accompagnent le pauvre morse qui se traîne. Les hommes se sont aperçus de la fuite des animaux, et il vaut mieux aller se cacher dans les bois.

Enfin, ils s'allongent, bien fatigués, dans l'herbe. Mais
bientôt, Plume entend un petit bruit: c'est Béa qui pleure.
Elle a perdu ses parents. «Ils n'ont pas été emmenés dans le
même avion! Qu'est-ce que je vais devenir?» gémit-elle.
«Ne t'inquiète pas, lui dit Plume, je te ramènerai avec moi
chez mes parents. Tu seras comme une petite sœur pour
moi.» Mais Béa s'inquiète et demande: «Que diront-ils en
voyant que ma fourrure est brune?»
«Un ours est toujours un ours, quelle que soit sa couleur»,
lui répond simplement Plume.
Alors Béa s'endort, rassurée.

Le lendemain, ils reprennent leur marche dans les bois. «Ce qu'il nous faut, dit le morse, c'est une rivière. Dès que nous en aurons trouvé une, je me chargerai sans problème du reste du voyage.» En attendant, il faut manger. Heureusement que Béa est très débrouillarde et qu'elle sait grimper aux arbres pour aller chercher du miel délicieux. C'est la première fois que Plume et le morse mangent du miel, et ils se régalent.

Ils continuent toujours à avancer dans les bois. Le morse est un peu perdu au milieu de tous ces arbres. Il n'en a jamais vu autant. Il gémit en se traînant: «Est-ce qu'il n'y aura donc jamais un ruisseau?» Mais Béa le rassure en disant qu'elle pense être sur une piste.

Ils trouvent enfin un tout petit ruisseau et le morse se roule dedans avec joie. Plume et Béa rient de le voir patauger comme un fou. Le ruisseau n'est pas bien profond, mais il va grossir.

Et voilà que bientôt il y a suffisamment de profondeur pour
que le morse puisse nager et pour que Plume et Béa puissent
grimper sur son dos et voyager confortablement.
Le ruisseau est devenu rivière, puis fleuve. Plume sent qu'ils
doivent approcher d'une ville. Et lorsque le fleuve longe de
grands immeubles, ils s'arrêtent sur la rive et attendent la
tombée de la nuit pour continuer leur chemin. Ils regardent
les lumières de la ville en écoutant Plume qui leur raconte les
beaux voyages qu'il a faits et toutes les aventures qui lui
sont déjà arrivées.

Le lendemain, il leur faut passer par une grande écluse bien dangereuse. «Ne faites pas de bruit», dit le morse. «Il vaut mieux que personne ne nous aperçoive!»

Maintenant, le grand voyage en mer commence. Il faudra beaucoup de temps pour passer des eaux tièdes aux eaux froides du pôle Nord. Et dans la tempête, avec ces énormes vagues, le morse a toutes les peines du monde à garder les deux petits ours sur son dos. Mais jamais ils ne perdent courage.

Enfin, les voilà arrivés au pôle Nord. Béa se sent toute perdue dans cet étrange paysage. Mais Plume et le morse savent retrouver le chemin qui les mènera chez les parents de Plume.

Mais il faut bientôt dire adieu au morse qui va rejoindre ses amis dans une autre région du pôle.

«Ne t'inquiète pas, dit le morse à Béa qui glisse sur la glace, tes pattes s'habitueront bien un jour à marcher sur un sol gelé.»

Comme les parents de Plume sont heureux de retrouver leur fils! Ils accueillent avec joie cette drôle de petite oursonne qui dérape sur la glace mais qui commence à trouver cela amusant. «Vous savez, leur dit Plume, elle avait peur que vous ne vouliez pas d'elle parce que sa fourrure est brune.» «Voyons, répond le père ours, un ours est toujours un ours!» Et maman ours serre Béa entre ses pattes.